U0165697

輕鬆學量詞

羅　秋　昭編著

國立台北師範學院語文教育系教授

五南圖書出版公司 印行

序

　　量詞是漢語詞類的一部分，它可以說是中國文法裡特有的詞性，英語雖然也有量詞，但是不像國語這般嚴謹。量詞概念最早出現在《馬氏文通》，曰：「凡物之公名有別名以記數者，如車乘馬匹之類，必先之。」他最早涉及了量詞的詞例，說它是記數的一個詞。1924年黎錦熙的《新著國語文法》首先提出了「量詞」的名稱，說它是表數量的名詞。後來文法書裡對「量詞」有不同的名稱，稱為單位量詞、單位詞、副名詞、數位詞、數詞、數量詞、助名詞、輔名詞等，現代漢語則定詞類為十一種分別是：名詞、動詞、形容詞、副詞、助詞、介詞、連詞、代詞、嘆詞、數詞、量詞。

　　量詞是很特殊的詞類，一般分為度量衡的量詞如：尺、斤、公升、克、畝、點……有以計量個體的，如：塊、個、堆、雙、條、件等。量詞有相當數量從名詞轉變而來，例如：一道門、一句話、一筆債、一池子荷花、打了幾鞭子、一窩小鳥等，也有從動詞、形容詞來的，如：一番作為、一陣春風、一抹斜陽等，它是很多向性的詞類。基本上，量詞有它固定的用法，但有些語詞也可以用不同的量詞，例如一道疤痕／一條疤痕、一群人／一堆人／一伙人／一幫人等。但是大部分的名詞都有它固定的量詞用法，錯用了它會造

成不精確和不雅緻。

　　一般小孩不容易抓住準確的用法，有時也不了解量詞的意義，他們常常用「個」來表示一切的東西，好像「一個花」、「一個汽車」、「一個桌子」。進了學校，學習各種語文知識，閱讀各類書籍，慢慢就知道不同的物品，原來要搭配不同的量詞，於是他們可以正確說出「一朵花」、「一部汽車」、「一張桌子」了。

　　量詞不但有標量的作用，也有修辭作用，不能正確使用量詞，不但讓聽者不習慣，而且會留給人們語言運用不夠精確的印象。其實量詞有規則可循的，如：條狀的我們稱「條、支、枝、根」，扁平的稱為「片、張、面」等，然後再依東西的性質而選擇正確的用法。能掌握量詞的運用規則，可以使語言更精緻，言談和書寫，都可以留給人深刻而美好的印象。

　　量詞包括的範圍很廣，依據《現代漢語量詞研究》所蒐集的量詞有 700 條之多，然而常用的量詞並沒有這麼多，本書選擇了生活中常用的 138 個量詞，它包括了個別量詞、集體量詞、容器量詞等，一些屬於文學性的量詞，例如：一抹斜陽、一泓秋水、一掬清水、一宗案件、一縷紅光等則不列入書中。如果量詞有兩種以上用法的也把它分類說明，並且以具體的圖畫表現。同時在每一個量詞後舉兩個例句，希望藉由圖畫加深印象，讓初學者能集中的、系統的、形象的輕鬆學量詞。

目 錄

把 ㄅㄚˇ

一、計量有「柄」的物件。

短　語

一把扇子／一把勺子／
一把鋸子

例　句

➡ 小方拿一把鋸子給哥
哥。

➡ 一到冬天，一把一把
的扇子就被掛在牆上
了。

二、相同東西捆在一起可以用手握住的。

短　語

一把稻草／一把筷子／一把竹籤／一把青菜

例　句

➡ 情人節快到了，阿雄買一把鮮花，送給心愛的情人。

➡ 媽媽昨天買了一把筷子。

三、用單手可以抓起的。

短　語

一把瓜子／一把花生／一把米

例　句

➡ 晚上，爺爺和朋友聊天時，大家總是手抓一把瓜子，配一杯老酒一邊喝一邊聊。

➡ 阿嬤抓起一把米往鍋子裡放，她只打算煮一點點飯。

四、用來計量抽象的名詞。

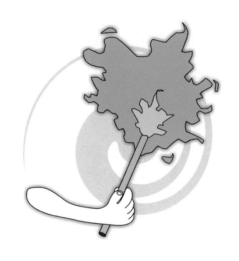

短　語

一把力氣／一把年紀／一把火

例　句

➔ 爺爺一把年紀了，還是天天去爬山。

➔ 一個沒良心的人，一把火把別人的家給燒個精光了。

五、用手來完成某一種行動。

短　　語

拉了他一把／幫他一把

例　　句

➡ 俗話說：「在家靠父母，出外靠朋友。」當朋友有困難的時候**幫他一把**，將來我們有困難，朋友也會幫我們。

➡ 在他學壞的時候，我們應該**拉他一把**，幫助他走上正途。

本 ㄅㄣˇ

指書或者用來做筆記、記帳的小書冊。

短　語

一本書／一本雜誌／一本字典

例　句

➡ 書是智慧的結晶，每**一本書**都有其價值。

➡ 錢穆的每**一本著作**都是他心血的結晶。

筆 ㄅㄧˇ

一、指寫字的手稿或圖畫的文件。

短　語

一筆好字／一筆爛帳

例　句

➜ 哥哥靠著勤練毛筆字，終於寫出一筆好字。

➜ 王大叔喜歡賭博，留下一筆爛帳。

二、紙錢的單位或者某一次的交易。

日期	支出	收入	用　　　途	備注
7-6	1200		....	
7-8	390		....	
7-15	388		....	
7-17	388		....	
7-18		18000		

短　語

一筆收入／一筆開支／一筆交易

例　句

➡ 趁著暑假小月在速食店打工，賺得人生的第一筆收入。

➡ 開學了，小孩註冊，需要一筆學費。

杯ㄅㄟ

用手可以拿取的小型容器。

短　語

一杯水／一杯茶／一杯酒

例　句

➡ 在沙漠中，**一杯水**的價值比黃金還高。

➡ 爺爺每天晚上都要喝**一小杯酒**才去睡覺。

包 ㄅㄠ

計量一定數量的東西，用袋子裝在一起。

短　語

一包棉花／一包東西／一包餅乾／一包點心

例　句

➡ 小女孩天真的將手中的**一包點心**握的緊緊的，準備帶回家送給奶奶吃。

➡ 小玉生日，冬冬帶**一包糖果**送給她。

班 ㄅㄢ

一、聚集在一起學習，一起工作的團體。

短　語

一班年輕人／原班人馬／五年六班

例　句

➡ 這一班年輕人，在舞台上表演勁歌熱舞，吸引許多的觀眾。

➡ 仁愛國小運動會，一共有四班學生參加大會舞表演。

二、計量某種行程，或是工作安排的時間行程。

短　　語

下一班車／下一班飛機／下一班火車

例　　句

➡ 由於台北大塞車，等到小美到達松山機場時，已經
　 錯過了要搭的飛機，只好搭下一班飛機。

➡ 仁宏工廠的工作人員分三班制上班。

部ㄅㄨˋ

一、指運輸工具、機器、電話等等。

短　語

一部汽車／一部機器／一部電話

例　句

→ 哇！看了價碼真是叫人吃驚，這**一部汽車**的價錢，竟然要兩百萬元。

→ 隨著世界**第一部汽車**的誕生，人類逐漸告別依賴牛馬的交通時代。

二、指一個套書、系列的書或是電影等。

短　語

一部書、一部電影／一部紀錄片

例　句

➡ 爸爸買了一部史記，可以看一個暑假了。

➡ 昨天看了一部感人的電影，讓我久久不能忘懷。

遍 ㄅㄧㄢˋ

指某種從開始到結束的行動過程。

短　語

說一遍／問兩遍／聽一遍

例　句

➡ 這個新編的「新三隻小豬」故事,讓人聽了還想再聽一遍。

➡ 文雪喜歡李清照的詞,她已經把〈聲聲慢〉這闋詞抄了五遍。

瓣 ㄅㄢˋ

計量果、花或東西的一部份。

短　語

四瓣兒／五瓣／花瓣

例　句

➡ 哇！家裡只剩下一顆梨，可是有四個小孩，所以媽媽只好把梨切成四瓣兒，分給每一個小孩。

➡ 一朵梅花有五瓣。

幫 ㄅㄤ

一群人組成的團體，帶有貶抑鄙視的情感色彩。

短　語

一幫孩子／一幫壞蛋／一幫流氓

例　句

→ 這**一幫壞蛋**四處為非作歹，警察設下天羅地網，好將他們繩之以法。

→ 警察接到電話，有**兩幫流氓**正在公園裡鬧事。他們得立刻去處理。

片 ㄆㄧㄢˋ

一、計量薄而固體的物質。

短　語

一片餅乾／一片麵包／一片雪花

例　句

➡ 爸爸今天早餐吃了**一片麵包**、一個煎蛋和一杯鮮奶，就騎著單車上班去了。

➡ **一片餅乾**的熱量可不低，不能因為好吃就一直吃。

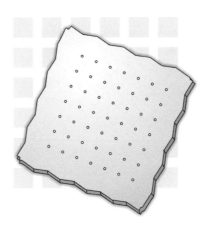

二、計量看起來廣泛的事物。

短　語

一片森林／一片稻田／一片雲霧

例　句

➡ 從高處往下看這一片稻田，金黃色稻穗覆蓋大地，
好壯觀啊！

➡ 亞馬遜河旁的一片森林，有許多種類的動物和熱帶
植物。

三、計量抽象的感覺、聲音、話語、意圖等等。

短　語

一片歡騰／一片哭聲／一片真心

例　句

➡ 小華勸阿美對人不要口出惡言，不然會吃大虧的，
　　但是這一片真心，並沒有得到阿美的回應。

➡ 老師上課問問題的時候，班上一片沉寂。

篇 ㄆㄧㄢ

計量文學作品，如散文、小品文、詩、自傳等等。

短　語

一篇小說／一篇故事／一篇論文

例　句

➡ 情節精采的**一篇故事**，不僅僅是小孩子喜歡看，連大人都有可能愛不釋手呢！就像「哈利波特」的故事。

➡ 老師要我們暑假看五**篇論文**，開學後交讀書心得報告給她。

匹 ㄆㄧˇ

一、計量馬、驢子、駱駝等動物。

短　語

一匹騾子／一匹馬／一匹駱駝

例　句

➡ 一匹騾子的誕生,是由公驢和母馬交配才能生下,
　而且騾子體健力強、能負重行遠,是運輸的好幫手。

➡ 北方人總是需要一匹馬當作交通工具。

二、計量布的數量。

短　語

一匹棉布／一匹綢緞／一匹紅絹

例　句

➡ 這一匹綢緞是用上等蠶絲做成的，相信可以賣得相當高的價錢。

➡ 阿嬤利用一匹布，做了三件衣服給新娘子。

排 ㄆㄞˊ

計量一直線的人或物。

短　語

一排樓房／一排果樹／一排人

例　句

→ 政府這個工程是興建**一排樓房**，優先提供受災戶或
貧戶低貸款購買。

→ 我們昨天去參觀果園，發現有**一排果樹**已經被別人
摘過了。

盤 ㄆㄢˊ

計量扁平的盛物或東西

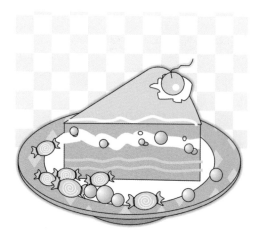

短　語

一盤蚊香／一盤電線
／一盤象棋／一盤跳
棋／一盤點心

例　句

➡ 放學回家，看到
桌上有一盤點心，
不一會的功夫我
就把它吃完了。

➡ 假日時，弟弟總愛找我跟他下一盤象棋。

➡ 夏天蚊子多，晚上社區居民在公園賞月，桌上有一
盤一盤的水果，地上有一盤一盤的蚊香。

瓶 ㄆㄧㄥˊ

計量裝酒的小容器的等等。

短　語

一瓶墨水／一瓶漿糊／一瓶酒／一瓶汽水

例　句

→ 這一瓶酒的酒精含量高達 40%，若是酒量不好的人喝了，定會因喝醉而失態。

→ 我每天一定都要喝一瓶果汁，補充維他命 C 維持身體的健康。

批 ㄆㄧ

計量一群人或事物。

短　語

一批人／一批產品／一批生意

例　句

➡ 有一批產品從國外進口的美容產品，號稱可以瘦身美容，卻沒有政府的認証標記，最好不要買來使用，以免賠了夫人又折兵。

➡ 警察昨天又抓到一批大陸客，他們是從福建偷渡到台灣來淘金的。

撇 ㄆㄧㄝˇ

寫字時的撇、捺或是像撇的形狀的東西。

短　語

兩撇小鬍子／一撇一捺

例　句

→ 爸爸臉上的**兩撇小鬍
子**，看起來非常喜感。

→ 寫毛筆字的時候，能
把**撇**的筆畫寫好，字
就漂亮多了。

票 ㄆㄧㄠˋ

計量商業買賣的行為次數。

短　語

一票生意／一票買賣

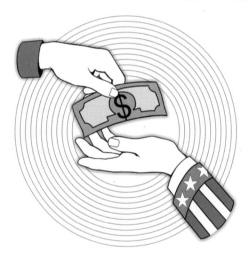

例　句

➡ 老王做一票生意，
就賺了不少錢。

➡ 這一票貨色還不
錯，應該會受到顧
客的喜愛。

面ㄇㄧㄢˋ

計量完整的或表面平滑的物品

短　語

一面鏡子／一面鼓／一面玻璃

例　句

➡ 歷史像一面鏡子，可以反映世代的盛衰和興替。

➡ 那一面鼓已經被打到凹凸不平了。

名 ㄇㄧㄥˊ

稱指一般的人，往往指較有學問或有地位的人。

短　語

一名學者／一名醫生／一名工人

例　句

➡ 想作為**一名學者**，需要不斷地充實自我、不斷地研究，而且將研究成果發表，同時要獲得許多人的認同。

➡ 王大年是**一名**手藝高強的工人，每一件作品，都獲得許多人的讚賞。

門 ㄇㄣˊ

一、計量有關結婚事情、親屬關係的事等等。

短　語

一門親事／一門豪傑

例　句

→ 一門親事不僅是兩個人的結合，更是兩家族文化的交流，不可不慎重決定。

→ 楊家將個個武功高強，忠膽愛國稱的上是一門豪傑。

二、計量學校的功課、分科的知識或學科的教育等等。

短　語

一門功課／一門課程／一門學問

例　句

➡ 李老師教授這**一門功課**，稱做自然領域，上得生動有趣、內容豐富，所以學生都非常喜歡他。

➡ 一般大學生，**每一學期**總要修十門學科左右才能畢業。

枚 ㄇㄟˊ

計量徽章、郵票、小而圓的物品或圓形物品。

短　語

一枚紀念章／一枚郵票／一枚硬幣

例　句

➡ 這一**枚硬幣**是從埃及古墓挖掘而來的，傳說具有招來好運的魔力。

➡ 新娘和新郎都在胸前別了**一枚胸花**。

份 ㄈㄣˋ

一、指東西的組成部分。

短　語

一份飯菜／一份快餐／一份甜不辣

例　句

➡ 這**一份**快餐有兩塊炸雞、一包薯條、一個漢堡和一杯可樂，真是叫人垂涎三尺。

➡ 我的晚餐吃了**一份**炸蝦子，和一份炒麵。

二、指報紙、期刊或文件等等。

短　語

一份文件／一份材料／一份資料

例　句

→ 總統交給外交部長**一份文件**，內容是有關各國邦交
的資料，期望部長能在一、兩年之內結交更多的友邦。

→ 老師給我**一份資料**，要我回去研讀。

三、把整個東西分為幾部分，那幾部分之一叫做一份。

短　語

一份人情／一份心意／一份功勞／一份心願

例　句

➡ 透過張和的介紹，阿武終於找到一份好工作，這一**份人情**，阿武一直記在心中，想找機會報答他。

➡ 阿年帶著禮物去看玉嬌，很客氣的對玉嬌說：「這是我的**一份心意**，請笑納。」

幅 ㄈㄨˊ

一、計量書法、圖畫等等，看起來像是一大片的
　東西。

短　語

一幅布／一幅地圖／一幅圖畫

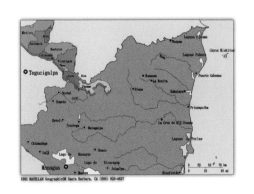

例　句

➡ 這一幅地圖，是關於世界的航海路線，有了它，我
　們就可以航行於各大洋了。

➡ 從陽明山上往下看，台北市真是一幅美麗的圖畫。

二、指在戲劇、小說中的一種景象或背景。

短　語

一幅動人的場面／一幅豐收景象

例　句

➡ 透過想像，我們可以把小說中的情境變成一幅動人的場面，彷彿想像是創造的生命之源。

➡ 每到收割的季節，農村就會呈現一幅忙碌的景象。

副 ㄈㄨˋ

一、計量兩個東西看起來很相似或者可以互補不
　足。

短　語

一副對聯／一副耳環／一副手銬

例　句

➡ 「爆竹一聲除舊，桃符萬象更新」這是一副春聯，
　也是一副對聯，過年時，中國人總喜歡在門口貼上

春聯迎新年。

➡ 妹妹剛剛買了**一副**新耳環。

二、指臉部的表情。

短　語

一副凶相／一副嚴肅的表情／一副無辜的樣子

例　句

➡ 別看李老師**一副凶相**，其實不然，李老師的心腸最好了，時常捐款救助貧苦的人。

➡ 隔壁阿婆總是**一副嚴肅**的樣子，讓小孩看了很害怕。

服 ㄈㄨˊ

指一定數量包裝好的傳統內服藥，每次服用一包。也可以用「帖」當量詞如「一帖中藥」。

短　語

一服中藥／三服湯藥

例　句

➡ 醫師指示病人說：「每三餐飯後服用一服中藥，過些時日，你的病情就會好轉。」

➡ 醫生開了一服中藥給我回去煎。

封 ㄈㄥ

計量信、訊息、電報等等。

短　語

一封電報／一封信／一封情書

例　句

➡ 在國外留學的阿英，收到來自故鄉朋友的**一封電報**，
　心裡感動地掉下眼淚。

➡ 今天報館收到好**幾封信**，都是支持將巨蛋棒球場建
　在台北市的。

方 ㄈ
ㄤ

指方形的東西

短　語

一方石硯／一方素巾

例　句

➡ 爸爸最近到杭州買了一方漂亮的硯台。

➡ 一方素帕寫情詩，直也絲（思）來，橫也絲（思）。

番 ㄈㄢ

一、指任何需費時、費力的行動。

短　語

一番心血／一番唇舌／一番心思

例　句

➡ 每一位音樂人創作歌曲，都經過**一番心血**的苦思，才能作出好的樂曲。

➡ 經過**一番唇舌**之戰，他們終於達成共識了。

二、指善意、美味或可供活動的區域等等。

短　語

一番心意／一番滋味／一番景色

例　句

→ 宜蘭的清水公園，有著世界級的美景，相信到這來觀光，宜蘭的**一番景色**定會在你心中留下深刻回憶。

→ 我永遠不會忘記淡水魚丸的**那番滋味**。

三、某種行動的量詞。

短　語

打量一番／解釋一番／嘲笑一番

例　句

→ 經過數學老師的**一番解釋**，班上的同學終於把困難的習題解決了。

→ 老闆把王小姐**打量一番**，第一印象還不錯。

發 ㄈㄚ

指槍彈、炮彈等等。

短　語

一發炮彈／六發子彈

例　句

➡ 每支槍可以裝六發子彈。

➡ 只要一發炮彈就有足夠的力量摧毀城堡了。

朵 ㄉㄨㄛˇ

指花、雲等等。

短　語

一朵白雲／一朵棉花／一朵紅花

例　句

➡ 一朵白雲，藉著風可以變化成萬物；一位學生，藉
　 著學習可以成就萬事。

➡ 今天晴空萬里，天上不見一朵白雲。

道<ruby>ㄉ<rt></rt></ruby><ruby>ㄠ<rt></rt></ruby>ˋ

一、指具有外形的線條的事物。

短　語

一道光／幾道皺紋／兩道眉毛／一道彩虹

例　句

➡ 夜晚的星空裡，突然閃過**一道光**，這是流星在太空裡刻下的美麗印記。

➡ 阿宏臉上的**那道疤痕**，代表了他輕狂的年少歲月。

二、指牆、柵欄、門等等。

短 語
一道門／一道鐵絲網

例 句

➡ 監獄圍牆一道鐵絲網，是
為了防止重刑犯的脫逃。

➡ 人與人之間的那道牆，是
看不到也摸不著，卻是比
有形的牆還難突破開敞的。

三、指命令、問題或手續等等。

短 語
一道命令／一道問題／一道手續／一道符

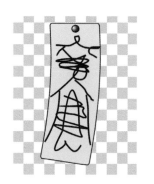

例　句

➡ 軍人的天職就是服從，只要長官下一**道**命令，軍人都要盡力去完成。

➡ 想要進入公司儲放機密文件的辦公室，必須經過多**道**手續。

四、指菜餚或可塗繪的顏料。

短　語

兩道漆／一道菜／一道佳餚

例　句

➡ 社區裡的公佈牆上，被上了**兩道紅漆**，八成是附近不良份子所為，看了真叫人感嘆。

➡ 剛剛上的這一**道菜**叫東坡肉，它是經過長時間的熬煮做成的，十分美味可口。

袋 ㄉㄞˋ

指放東西的容器，這種容器是有口，而且異柔軟材質做成的。

短　語

一袋麵粉／一袋糧食／一袋牛奶糖

例　句

→ 農夫辛勤的耕作，才能換得一袋糧食，我們當知盤中飧，粒粒皆辛苦。

→ 這一袋糖果是用來當作有獎徵答的獎品。

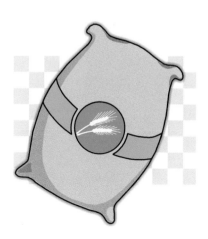

頂 ㄉㄧㄥˇ

可以拿來遮蓋、罩、套的物品。

短 語

一頂蚊帳／一頂帳篷／一頂帽子

例 句

➡ 野外露營的一件要事，就是大家合力搭一頂帳篷，這樣下雨的話，才有地方可以躲雨。

➡ 每次去露營，我們都會自備一頂帳棚。

棟 ㄉㄨㄥˋ

計量房屋或建築物的單位，也可以用「一幢」來替代。

短　語

一棟樓房／一棟房子／一棟公寓

例　句

➡ 這一**棟房子**有中國的古老風味，深具文化傳承的意義，不可隨意拆除。

➡ 地震後，**幾棟**漂亮的房子都變成危樓了。

堆 ㄉㄨㄟ

指許多人零亂的聚集在一起，或混亂的東西疊在
一起。一般指「物」比較多，人則可以用「一群
人」替代。

短　　語

一堆人／一堆土／一堆石頭

例　句

→ 靜靜躺在河床中的一
堆石頭，經專家鑑定
竟然是璞玉，令人難
人相信。

→ 每一場演唱會，總是
會有一堆人擠著買票。

段 ㄉㄨㄢˋ

一、指經過切割的東西的部分。

短 語

一段管子／一段鐵絲／
一段繩子

例 句

➡ 要完成飛機模型還需
要一段鐵絲才行。

➡ 還需要一小段管子才
能將兩端水管接上。

二、指時間、距離的一部分。

短 語

一段時間／一段路程／一段距離

例 句

➡ 導遊開心的說：「到達目的地八仙樂園，還有一段

距離，大家可以趁這時候，好好的儲存精力，到時才可好好的玩。」

➡ 老李已經六十幾歲了，只希望在人生最後的**一段路**程，能找到失散的兒子，人生就了無遺憾了。

三、指全部事物的小部分。

短　語

一段話／一段戲／一段音樂／一段回憶

例　句

➡ 聽到這**一段音樂**，小伍想起家鄉的父母，不禁潸然淚下。

➡ 對於畢業旅行，每**一段回憶**都是精采而令人難忘。

點 ㄉㄧㄢˇ

指中心思想要點、目的、事項或提議。

1.多帶一件薄外套

2.在車上禁止跑動

3.時間到準時集合

短　語

一點意見／兩點注意事項／幾點建議

例　句

➡ 李老師代替學校說明這次校外教學的**幾點注意事項**，說得口沫橫飛、詳細生動。

➡ 師傅教徒弟學手藝，總是傾囊相授沒有半點私心。

滴 ㄉㄧ

指小而圓的液體物。

短 語

一滴眼淚／一滴汗／一滴水／一滴血

例　句

➡ 每當祖母回憶起過去日據時代辛苦的日子，眼角總
　掛著一滴眼淚，看了讓人心疼。

➡ 到了五月梅雨季節還是不下雨，全台到處鬧水荒，
　真是一滴水都不能浪費啊！

對 ㄉㄨㄟˋ

群體中在一起的兩個人或是能讓人聯想在一起兩個相同的物品。

短　語

一對枕頭／一對花瓶／一對大眼睛

例　句

➡ 對母親來說，這一對花瓶如同她的生命，因為這是老爸送她的定情之物。

➡ 小倩是個大美人，她最漂亮的就是那一對大眼睛了。

疊 ㄉㄧㄝˊ

計算一層一層堆積物的單位量詞。

短　語

一疊紙／一疊信紙／一疊信封

例　句

➡ 堂姐書桌抽屜裡的**一疊信封**，載滿了她對堂姐夫的思念。

➡ 姑媽喜歡剪報，家裡堆滿**一疊疊的**舊報紙。

頓 ㄉㄨㄣˋ

一、指正常的三餐或任何吃食物的時刻、場合。

短　　語

一頓早（午／晚）飯／一頓宵夜／一頓大餐

例　句

➡ 每天好好的吃一**頓早飯**，可以幫助人們擁有好精神
　 及好體力。

➡ 媽媽說這次我考試考的很好，她要帶我去吃一**頓豐**
　 盛的晚餐。

二、指批評、懲戒或辱罵。

短　語

一頓批評／打一頓／罵一頓

例　句

→ 人生最高的修養是「把別人的**一頓批評**，做為改進的動力；把別人的錯誤，當作自己的借鏡。」

→ 他做錯事被爸爸**打了一頓**。

肚ㄉㄨ 子ㄗ

指代稱抽象或實質的名詞。

短　語

一肚子委屈／一肚子氣／一肚子學問／一肚子水

例　句

→ 小明在上第一堂游泳課時，教練打趣的說：「要學
　 會游泳，得先學會喝一肚子水才行。」

→ 諸葛亮學富五車，有一肚子的學問，令人敬佩。

碇 ㄉㄥˋ

指質量比較堅硬的小物品。

短　語

一碇藥丸／一碇墨／一碇維他命

例　句

➡ 飯後吃一碇維他命可以促進健康。

➡ 爸爸有一碇好墨，寫字時墨香四溢。

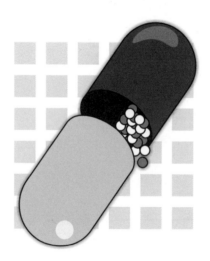

條 <ruby>ㄊ<rt></rt></ruby><ruby>ㄠ<rt>ˊ</rt></ruby>

一、計量長而狹的事物。

短　語

　一條腰帶／一條繩子／一條毛巾／一條街

例　句

➡ 這一**條街**是大台北地區數一數二的夜市街，一到晚上，人潮洶湧占滿整條街道。

➡ 王老闆雖然家財萬貫，**一條毛巾**還是用到壞了才換新的。

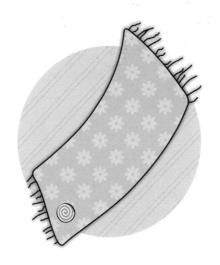

二、計量某一種長形的昆蟲或動物（有的動物也可以用隻替代）。

短　語

一條蛇／一條狗／一條魚

例　句

➡ 阿美看到一條蛇就會大呼救命，要是看到一群蛇，她不昏倒才怪。

➡ 我的同學家裡有養一條狗，是黃金獵犬。

三、計量腿、手臂或尾巴等等。

短　語

一條胳膊／一條尾巴／一條腿

例　句

→ 狗狗看到主人回家，拼命地搖著牠的那一條尾巴，彷彿在說：「歡迎主人回家。」

→ 影星小倩靠長腿而成名，她的一條腿可以保險數百萬元呢。

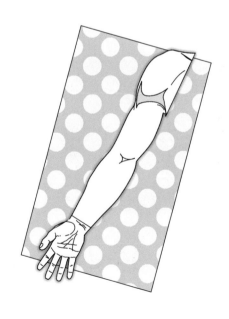

四、計量新聞消息、資訊、方法、理由等等。 （新聞、消息有時也用「一則」替代）

短 語

一條紀律／一條規定／頭條新聞

例 句

➡ 班上所訂的**每一條紀律**都是同學自己提案通過的，老師希望大家都能遵守，這樣紀律才具有意義。

➡ 員工提出的**每一條意見**，經理都會逐一看過。

頭 ㄊㄡˊ

計量馴養或野生的動物等。

短　語

一頭牛／一頭驢／一頭豬

例　句

➡ 人們常用「你真是笨得像一頭豬」來罵人，其實豬
才不笨，豬是有靈性的動物，下次別再用這失禮的
話罵人了。

➡ 曾祖母曾經用十頭牛換了一塊肥沃的土地。

台 ㄊㄞˊ

計量某種機器或較大的物品。

短　語

一台照相機／一台打字機／一台電腦

例　句

➡ 這可不是一台照相機而已，這是一台數位照相機，照了之後就可以立刻看照片，如果照的不好還可以直接刪除，真得很神奇。

➡ 六十年前開始有電腦時，一台電腦要用一間房間來安放。

套 _{ㄊㄠˋ}

計量一起被使用的事物或在某方法面屬於同類的
事物。

短　語

一套制度／一套規矩／一套課本／一套房間

例　句

➡ 這一**套課本**是教育部請專業人員制定，相信一定具
有不錯的品質。

➡ 每一班都有它的**一套規矩**，每個同學都得遵守。

帖 ㄊㄧㄝ

計量摻有藥物的膏藥。

短　語

兩帖膏藥

例　句

➡ 由於媽媽腰酸背痛，爸爸特地買了**兩帖膏藥**給媽媽
用，貼了之後，媽媽舒服多了。

➡ 媽媽常常需要用到**好幾帖藥膏**才能止住她的酸痛。

攤 ㄊㄢ

一、計量大量橫臥在表面的水、泥巴或其它液體。

短　語

一攤泥／一攤水

例　句

➜ 雨後，隨處可見一**攤**水積在地上，這造成行人們的不便。

➜ 下雨天，同學的鞋子把教室弄得是一**攤**一**攤**的泥巴印。

團 ㄊㄨㄢˊ

計量混亂、聚成球形的物質。

短　語

一團毛線／一團棉花

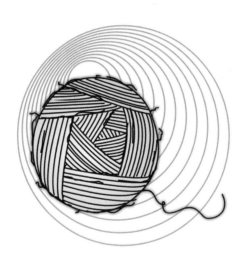

例　句

➡ 媽媽想用這一團毛線，為爸爸打一件毛衣，好讓爸
　　爸在冬天外出時可以穿著保暖。

➡ 當姊姊拿出一團棉花時，我打噴嚏一直打個不停。

筒 ㄊㄨㄥˇ

計量鐵製（或其它物質）長型中空的容器，用來保存物品或運輸貨物。

短　語

一筒油漆／一筒餅乾／一筒垃圾

例　句

➡ 家裡滿滿的**一筒餅乾**，一夕之間都被弟弟這貪吃鬼吃光了。

➡ 暑假時，全家用了**五筒油漆**，將家裡重新粉刷過。

趙 ㄊ
ㄠ
ˋ

一、計量具有安排行程表的交通服務。

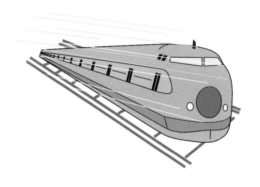

短　語

一趟班機／一趟旅行／一趟班車

例　句

➡ 由於突如奇來的暴風雨，迫使這一趟班機不能按時
起飛。

➡ 我去了兩趟日本，每趟回來都有不同的感想。

二、計量某種行動，如去、來等等。

短　語

去一趟／來一趟／走一趟

例　句

➡ 百聞不如一見，親自**去一趟**大陸看看雄偉的萬里長城，才能真正感受中國建築的偉大。

➡ 每逢過年，我們全家總要**回鄉下一趟**。

堂 <ruby>ㄊ<rt></rt></ruby>
<ruby>ㄤ<rt></rt></ruby>

計量上一節課的時間。

短　語

一堂歷史課／一堂體育課／一堂哲學課

例　句

➡ 這一堂歷史課提到八年對日抗戰的歷史，說到南京
大屠殺，老師激動到拍桌子，大罵日本人的不是。

➡ 媽媽總是在我心情低落的時候，給我上一堂人生哲
學的課。

粒 ㄌㄧˋ

計量小而堅硬的東西。

短　語

一粒砂子／一粒種子／一粒米

例　句

➡ 一粒種子蘊涵著無限的生機，只要細心照料，定會長得又高又壯。

➡ 每一粒米飯都是農夫辛勞耕種所得，所以要珍惜不可浪費。

計量陸行的貨物或大眾運輸工具，如貨車、鐵軌
台車、汽車等等。

短　　語

一輛汽車／一輛自行車／一輛公共汽車

例　句

➡ 這一輛自行車不但可以用人力來運作；更具備引擎，
可用燃料來發動，這真是一大發明。

➡ 一輛公車可以承載較多的人，它是都市便捷的交通
工具。

列 ㄌㄧㄝ

計量排在一起的運輸工具或排成一直線的人們、物品。

短　語

一列貨車／一列橫隊／一列縱隊

例　句

➡ 高速公路上正駛著**一列貨車**，不知它們要開往何方？

➡ 小朋友在操場上排成**一列縱隊**，等待老師教他們做體操。

類 ㄌㄟˋ

計量有特性、屬類的人或事情。

短　語

一類人／一類事情／這類問題

例　句

→ 這類問題我想可以請教張老師，他是研究這方面的
權威。

→ 從 DNA 的檢驗比對，可以看出來中國人和非洲人還
是同一類的人種呢。

個 く
　　せ

一、計量人的量詞。（對於長輩或尊稱時，則用一位替代）

短　語

一個學生／一個人／一個工人

例　句

➡ 身為一位老師，應該把學生導向正途，而不是一昧的責罵；身為一個學生，應該好好的學習，將來才可以成為國家的棟梁。

➡ 現在小班制，一個班大約只有三十個學生。

二、計量一段時間、日期等。

短　語

一個月／一個晚上／一個禮拜

例　句

➡ 在一個月之內，發生了十幾件的搶案，國內的治安真是壞到極點了，中國古人曾說：「亂世方用重典。」司法單位需製訂更重的刑罰，才能扼止犯罪的發生。

➡ 我已經熬夜了好幾個晚上，現在不但眼圈黑了，體力也不支了。

三、計量面積、國家、鄉村、城市、團體、某種
　部門、領域的量詞。

短　語

一個城市／一個工廠／一個教室

例　句

➡ **一個城市**的形成，是經過人們好幾年的努力而完成
　的，就像是羅馬不是一天能建造的，城市是人類偉
　大的文明。

➡ 他開了**十幾個公司**，是個大企業家。

四、計量有形的物質或東西。

短　語

一個杯子／一個蘋果／一個釘子

例　句

➡ 老張左手只剩一個手指，
聽說是因為在工廠操作
儀器時不小心而斷掉，
這警惕大家工作時要注
意安全。

➡ 我們家每個人都有一個
杯子。

五、計量象徵抽象的理由、原因或事情。

短　語

一個道理／一個問題／一個理由

例　句

➡ 凡事不要太計較，這一個道理大家都知道，可是能
做到能有幾人？人生不過數十年，凡事別斤斤計較，
過得快樂就好。

➜ 他每次做錯事都有一個理由來掩飾。

六、計量某一種行為動作。

短　語

使（了）一個眼色／上（了）一個當／
做（了）一個夢

例　句

➜ 在中國歷史的舞台上，曾上演鴻門宴，宴會中范增
對項羽使了個眼色，暗示項羽殺了劉邦，可惜項羽
的婦人之仁，使劉邦藉口尿遁而逃。

➜ 小民昨天做了一個惡夢，到今天還心悸猶存。

根 ㄍㄣ

計量修長而且堅實的東西。

短　語

一根粉筆／一根繩子／一根鐵絲／一根針

例　句

➡ 對於童子軍而言，一根繩子的妙用無窮，可以做為野外求生的各種用途。

➡ 數學老師上課都不帶任何東西，只要一根粉筆就可以上課了。

股 ㄍㄨˇ

一、計量流動的水、飄散的空氣。

短　語

一股寒流／兩股線繩

例　句

➡ 氣象報導，這一股寒流會持續好幾天，希望大家注意保暖，不要著涼、感冒了。

➡ 昨天沒睡好，上課時，一股濃厚的睡意一直揮之不去。

二、計量短促且快速送出的呼氣、空氣等等。

短　語

一股香味兒／一股熱氣／一股冷氣／一股傻勁

例　句

→ 每次回到家，聞到**一股香味**，就知道媽媽在準備晚餐了。

→ 聽到小強講的那個冷笑話，**一股冷氣**湧上心頭。

管 ㄍㄨㄢˇ

計量長而中空的圓形物體。

短　語

一管毛筆／一管牙膏／一管簫

例　句

➡ 不要小看這一管毛筆，
這可是中國人偉大的發
明，許多的文化能傳承
下來，都是它的功勞。

➡ 這一管簫是李老師的傳
家之寶，他非常珍惜，
總是小心的收藏。

挂《〈〉

計量用線串連在一起的東西，也可以用一串替代。

短　語

一挂珠子／一挂簾子

例　句

➜ 掛在明星上閃閃發亮的**一挂子珠子**，竟然價值上千萬美元，這真叫人難以置信。

➜ 她脖子上的那**一挂**鑽石項鍊真是炫目奪人。

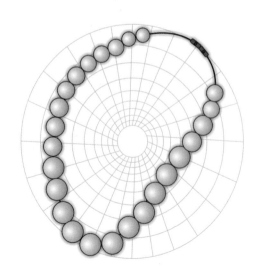

棵 ㄎㄜ

計量植物，特指樹、草、幼苗。

短　語

一棵草／一棵蔥／一棵樹

例　句

➡ 一棵草在暴風雨中的生命力反而比大樹更強，因為
強風會折斷大樹，草卻隨風舞動，這証明了柔弱勝
剛強，其中道理值得深思。

➡ 這棵老榕樹守護這個村落已經一百年了。

顆 ㄎ ㄜˇ

計量小而圓的東西。

短 語

一顆珠子／一顆汗珠／一顆炸彈／一顆螺絲釘

例 句

➡ 雖然只是機器上的**一顆螺絲釘**，但是任何一顆螺絲釘壞了，都有可能造成機器損害，所以螺絲釘也很重要。

荊軻用**一顆頭顱**、一張地圖，取得了秦王的信任。

口 ㄎㄡˇ

一、計量有多少的人、動物。

短　語

一家四口／十口豬／
小倆口

例　句

➡ 小明一家四口，和
樂融融，真叫人羨
慕。

➡ 王家養的八口大
豬，今年過年時賣
了好價錢。

二、計量具有可開啟的工具或物品。

短　語

一口棺材／一口寶劍／一口井

例　句

→ 這一口寶劍經過專家鑑定是明朝時製造的。

→ 劉老實每年都會捐一口棺材給貧民。

三、計量有關於口腔能容納的物品。

短　語

一口水／一口茶

例　句

→ 炎熱的夏天裡，喝上一口冰水，彷彿全身毛細孔都被打開了，通體舒暢。

→ 人在口渴時，喝一口水都像是甘泉一樣的甜美。

四、計量語言的表達方式。

短　語

一口北京話／一口流利的英語／一口標準的國語

➡ 老吳說一口流利的英語，和老外對答如流，令人羨慕。

➡ 老吳那一口北京腔好重，讓我們聽了非常不習慣。

五、計量用嘴巴做的動作。

短　語

啃了一口／吃了一口／咬了一口

例　句

➡ 阿和在山上種了許多梨樹，由於梨子都沒經過農藥污染，所以阿和在樹上摘顆梨，就立刻啃了一口，還說這是人間最好的補品。

➡ 這道菜美味可口，大華一口接一口的吃，吃得津津有味。

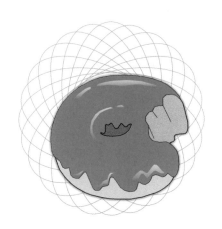

塊 ㄎㄨㄞˋ

一、計量沒固定外形的物質。

短　語

一塊肥皂／一塊石頭／一塊木頭／一塊布

例　句

➡ 這一塊石頭具有神明的外形，所以當地人將其視為
　 聖物朝拜，據說相當的靈驗，許多外地的人都聞名

而來朝拜。

➡ 媽媽將蛋糕分成**四塊**，每塊上面都有一顆櫻桃。

二、計量中國流通的貨幣，也可以用「元」來計算。

短　語

一塊錢／十塊整

例　句

➡ 不要小看**一塊錢**的力量，若是集合眾人的一塊錢，必是為數可觀的一筆錢，這可以幫助許多有困難的人們。

➡ 小華每天存**十塊錢**，他算一算一年就可以存三千六百五十元了。

捆 ㄎㄨㄣˇ

計量被繫緊、綁緊、纏繞在一起的物品，一般稱體積較大的東西叫一捆，較小的單位稱為「一束」。

短　語

一捆報紙／一捆舊雜誌／一捆草

例　句

➡ 政府正大力推行資源回收，所以媽媽把家裡的一捆舊雜誌送到資源回收中心，不但有錢賺，更可減少樹木被砍伐的數量，何樂而不為呢！

➡ 辛苦的送報員，每天一大早就要將好幾捆報紙挨家挨戶的送。

課 ㄎㄜˋ

計量書本的課程，每一個單位稱為一課。

短　語

一課書／一課課文

例　句

➡ 老師這次教的**一課**書，同學大部分都聽得一頭霧水，
　 所以只好請老師再解說一次。

➡ 這**一課**課文好長，學生背的哇哇叫。

盒 ㄏㄜˊ

計量用木材、金屬、塑膠做成的有蓋子的容器。

短　語

一盒粉筆／一盒點心／一盒餅乾／一盒糖

例　句

➡ 媽媽親手為女兒做了**一盒點心**，點心裡藏著媽媽無限的愛心，這可是無價之寶。

➡ 今天是我的生日，早上媽媽讓我帶**一盒餅乾**去學校請同學吃。

戶 ㄏㄨˋ

計量家庭組織，一個家庭稱為一戶。

短　語

一戶農家／一戶人家／幾戶養鴨人家

例　句

➡ 山腳下住著十戶人家。

➡ 住在深山裡頭的那戶人家，過著相當貧苦的生活。

一、計量做一件事情的完整過程或去做一件事的
　　單位。

短　語

一回事／走一回／去一回

例　句

➡ 這次**去一回**上海，我才親身體會到大陸沿海城市的
　發達。

➡ 對於小張欺騙老闆的**那回事**，大家都心知肚明，只
　是不願戳破罷了。

二、計量一個行動所花的時間，有時也可以用
　　「一趟」替代。

短　語

來了一回／試（了／過）一回／走了一回

例　句

→ 年輕人做事不要害怕失敗，試了一回不成，再多試
　　幾次就是了，最後一定會成功的。

→ 小王去劍橋，也想像徐志摩一樣，揮揮衣袖不帶走
　　一片雲彩，瀟灑的走一回。

瀟灑走一回

行 ㄏㄤˊ

計量排成一直線的物體。

短 語

兩行熱淚／幾行詩／一行樹

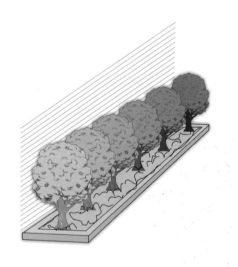

例 句

➡ 聽到這一則感人的故事，讓人**兩行熱淚**不經意就往下流。

➡ 行人道旁的**一行樹**，替市容增添幾分綠意。

伙 ㄏㄨㄛˇ

計量一些志同道合一起做事、一起玩的一群人。

短　語

一伙流氓／一伙壞人／一伙人

例　句

➡ 這一伙壞人到處販賣毒品，不知害了多少家庭家破
人亡，應該將他們繩之以法。

➡ 這次活動是由一伙有創意的年輕人所策劃的，結果
辦得非常成功。

間 ㄐㄧㄢ

計量房子或被牆、地板、天花板分隔的建築物。

短 語

一間病房／一間宿舍／一間旅館

例 句

➡ 學校的每一間宿舍都得住上六個人，所以宿舍所剩的空間有限，需有計畫善用有限的空間。

➡ 學校最近增加了五間新教室，方便學生的學習。

件 ㄐㄧㄢˋ

計量衣服、家具、事情等等。

短　語

一件衣服／一件東西／一件事

例　句

➡ 經過媽媽巧手的裁布、縫合，**一件衣服**就這麼的成形了。

➡ 我想麻煩你幫我把這**一件東西**拿給小如。

句 ㄐㄩˋ

計量短句、說話或一行詩句等等。

短　語

一句歌詞／一句詩／一句話

例　句

➡ 讀到「低頭思故鄉」這一句詩，讓阿和想起了遠方
　的家人。

➡ 老師說的每一句話，都發人省思。

卷 ㄐㄩㄢˇ

計量可以被捲成圓筒狀的東西。

短　語

一卷報紙／一卷畫／一卷衛生紙

例　句

➡ 這一卷畫是阿德小時候畫的，每一回看它都喚起阿
　 德甜美的回憶。

➡ 知名歌星賣了一萬卷錄音帶幫助慈善機構。

局 ㄐㄩˊ

計量有規則、或是形式清楚的遊戲。

短　語

一局比賽／三局兩勝制／一局棋

例　句

➡ 這場中國象棋準賽採**三局兩勝制**，最後的勝利者將得到一筆獎金，並擁有世界棋王的封號。

➡ 在總統盃圍棋賽中小明輸了**第一局比賽**，他非常難過。

架 ㄐㄧㄚˋ

計量木製或金屬的機器。

短　語

一架照相機／一架望遠鏡／一架飛機

例　句

→ 外國人伽俐略是發明了第一架望遠鏡的科學家。望
遠鏡可用來觀查遠方的各種景象，是種了不起的發明。

→ 我有一架照相機，可以到處照相，留下珍貴的鏡頭。

級 ㄐㄧˊ

計量成績高低、地位高低可以分等級的單位。

短　語

二級廚師／一級教授／特級廚師

例　句

➡ 升為**一級教授**除了薪水更多之外，更是一種榮耀。

➡ 要成為**一級**的運動員是需要長期訓練的。

劑 ㄐㄧˋ

計量一般藥物或藥丸之類的藥物，一般中醫大都用「一服」藥，西醫針劑藥丸則用「一劑」。

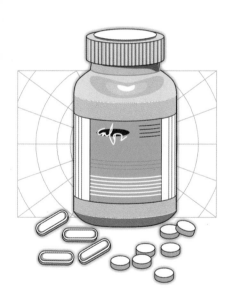

短　語

一劑藥丸／一劑猛藥／一劑定心丸

例　句

➡ 醫師開了一劑藥水，是針對氣血虛的人開出的藥方，可以治好貧血的症狀。

➡ 這次的模擬考給我打了一劑強心針。

屆 ㄐㄩˋㄝˋ

計量有定期的集會、畢業的班級、運動會等等。

短　語

這屆運動會／上（一）屆書展／九十三屆畢業生

例　句

➡ 「這屆運動會」的運動選手，打破上屆運動會許多記錄，真的是長江後浪推前浪，後生可畏啊！

➡ 這一屆的畢業生個個都是優秀的學生。

截 ㄐㄧㄝˊ

計量長而狹的東西，往往是指被裁截下來的一截一截的。

短　語

一截木頭／一截繩子／一截鐵絲

例　句

➡ 一截繩子的功用可大了，可以用它來固定東西、玩遊戲、打中國結等等。

➡ 我們把一塊布，裁成好幾截，以便給小孩做衣服。

節 ㄐㄧㄝˊ

一、計量有接合點的物品。

短　語

一節竹子／一節甘蔗

例　句

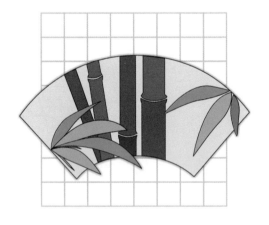

➡ 每一棵高大的竹子都有好幾節，每一節竹子長短不一。

➡ 甘蔗是根部那一節比較甜，到了尾部又瘦又長的那一節甘蔗就不甜了。

二、計量上課的時間或一首詩、一篇文章的一部
　　分。

短　語

一節課／第三章分為五節／第一節

例　句

➡ 李老師上的**第一節課**生動活潑，立刻吸引學生的目
　光，讓學生開始喜歡上這一門課。

➡ 這本書第一章**分成七節**，第二章以後，每章有五節。

具 ㄐㄩ

計量模型、棺材、屍體等比較固定而堅硬的東西。

短　語

一具棺材／一具屍體／一具模型

例　句

➡ 太平間放著**一具具**冰冷的**屍體**，令人害怕。

➡ 玩具店放了**好幾具模型**，小朋友都流連忘返。

家 ㄐㄧㄚ

計量某種公共團體、公司組織等等。

短　語

一家銀行／一家商店／一家超市

例　句

→ 剛開幕的**一家商店**，為了招攬更多的客人光顧，掛出買一送一的招牌。

→ 學校樓上的**那一家便利商店**，現在打九折，顧客都紛紛上門。

期 くˊ
一

計量固定時間出版的雜誌或其它刊物，或固定學
習課程的單位。

短　語

一期學員／一期雜誌

例　句

➡ 這所英語學校**每年分四期**招生。

➡ **這一期**的旅遊雜誌，介紹了各國的遊覽聖地，提供
讀者豐富的資訊。

群 くㄩㄣˊ

計量單種人、動物等的集合單位。

短 語

一群人／一群學生／一群牛

例 句

➡ 在日落的荒野上，**一群馬**正奔向一片金黃色的草原，
這是大自然的一大美景。

➡ 每次一到放學的時間，就會有**一群學生**，負責維持
交通秩序。

圈 ㄑㄩㄢ

一、計量排成環形的東西。

短　語

種了一圈松樹／擺了一圈椅子／圍成一圈

例　句

➡ 社團為辦團康活動，所以在校園的廣場擺了一圈椅子，方便到場的成員有座位坐。

➡ 當我們玩大風吹的遊戲時，我們都先圍成一圈，再聽主持人的口令。

二、計量某種運動量，如圍起、跑步、自轉等等。

短　語

跑了一圈／轉了一圈／晃了一圈

例　句

➡ 小李跑了一圈四百公尺的操場，就直喊累，他八成
是太久沒運動了！

➡ 每次體育課前的暖身就是跑操場兩圈。

起 くˇ
ㄧˇ

計量意外事件、大事等等，有時也可以用「件」替代，但是「一起」更有語文修飾之美。

短　語

一起凶殺案／一起車禍／一起意外

例　句

➡ 警察已經逮捕到這**一起凶殺案**的元凶，正在做案發時況現場模擬。

➡ 一天就發生**兩起火災**，真是可怕。

些 ㄒㄧㄝ

計量不確定而且有一些數量的事物。

短　語

一些人／一些事情／一些東西／一些問題

例　句

➡ 這一**些東西**是阿和小時候的玩具，看到這些玩具，
阿和就會回憶起小時候的情景。

➡ 有一**些事**，是想忘也忘不了的。

項ㄒㄧㄤˋ

計量有約定、計畫的事情，包含計算、實情、結果的說明等等。

短　語

一項指示／一項聲明／一項工程／一項內容

例　句

➜ 透過工程師的設計圖，知道**這一項工程**需花費一年才能完成。

➜ 總統宣布**一項聲明**，我國將努力加入 WTO 的世界組織。

下 ㄒㄧㄚˋ

計量在指示的時間內完成的行動。

短　語

打一下／敲一下／去一下／來一下

例　句

➡ 在童話的世界裡，仙女用手杖敲一下，就可以變出各種東西，真的好神奇。

➡ 想不到這套拳法這麼容易，練兩三下就可以打得很漂亮了。

席 ㄒㄧˊ

指一段完整而有意義的話。

短　語

一席話／一席演講

例　句

➡ 朋友的一席話，讓我鼓起勇氣面對挫折。

➡ 聽君一席話，勝讀十年書。

箱 T一 ㄤ

計量裝箱的物品，「箱」是較大件的體積。

短　語

一箱水果／一箱衣服／一箱書

例　句

➡ 過年叔叔送來**兩箱蘋果**。

➡ 爸爸常望著奶奶留下的**一箱衣物**而傷感不已。

張 ㄓ
ㄤ

一、計量薄薄的平面的東西，如紙、皮革等等。

短　語

一張桌子／一張樸克牌／一張鈔票／一張地圖

例　句

➡ 這一張鈔票，是阿和第一次打工辛苦賺來的，所以他格外的珍惜，具有紀念價值。

➡ 我上次抄的那張講義，段考竟然都考到了耶！

二、計量弓、嘴、桌子等物品。

短　語

一張弓／一張嘴／一張桌子

例　句

➡ 李廣弓，相傳是在三國時代，蜀國名將黃忠所使用的一張弓，是可長程攻擊的武器。

➡ 老王的那張嘴，可以把黑的說成白的。

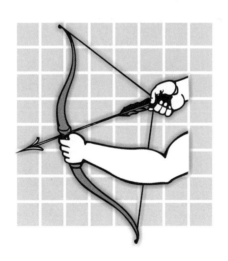

支 ㄓ

一、用於細長的製品。

短　語

一支鋼筆／一支箭／一支蠟燭

例　句

➡ 小方生日時看到蛋糕上插著**八支蠟燭**，知道自己又長了一歲。

➡ 酋長喜歡狩獵，出外打獵前會把**每一支箭**都磨得又尖又銳。

二、計量排成長狀的軍隊、部隊等整體的組織。

短　語

一支力量／一支隊伍／一支軍隊

例　句

➡ 這一支軍隊是國家新招募，打算嚴格訓練，作為國防上的秘密軍力。

➡ 這一支隊伍，是儀隊中的精英。

三、計量抽象的歌曲、音樂等等，歌曲也可以用「一首」替代。

短　語

一支民歌／一支曲子／一支熱舞

例　句

➡ **一支曲子**的誕生，都是每一位音樂人的心血，所以我們當買正版的 CD，支持他們創作歌曲。

➡ 小蔡跳了**一支熱舞**，轟動全場。

只ㄓˇ

一、計量成對的器官或物品。

短　語

兩只耳朵／一只手／一只腳

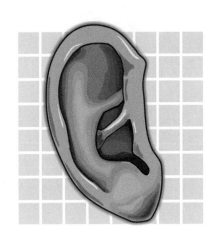

例　句

➡ 人類有**兩只耳朵**，它們幫我們收集各種聲音，把聲
　 音傳進我們的耳內。

➡ 阿誠買鞋時，才發現他買的鞋子**一只**大**一只**小。

二、計量容器或器物。

短　語

一只酒罈／四只青花瓶／一只戒指

例　句

➡ 這一只玉鐲子是媽媽家的傳家之寶。

➡ 家裡要放幾只手電筒停電時才方便。

三、計量箱子、盒子等等。

短　語

一只箱子／一只鐵盒／一只皮箱

例　句

➡ 看著這裝滿舊相片的**一只箱子**，小美就想起童年的
　玩伴。

➡ 這只皮箱是媽媽的嫁妝。

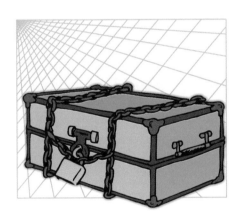

隻 ㄓ

計量動物或人的部分器官的量詞。

短　語

一隻雞／三隻小鳥／一隻蝴蝶／五隻豬／一隻腳

例　句

➜ 樹上有**兩隻小鳥**在唱歌。

➜ **三隻小豬**的故事，大家都百聽不厭。

枝 ㄓ

一、計量分支的樹或植物，特指有葉子和花。

短　語

幾枝鮮花／一枝杜鵑花

例　句

➡ 花瓶上**幾枝鮮花**已經開始枯萎了，是該換新鮮花的時候。

➡ 表姐這麼漂亮，嫁給一個又老又醜的男人，真像是**一枝鮮花**插在牛糞上。

二、計量有桿形的物品。

短　語

一枝鉛筆／一枝煙／一枝筷子

例　句

→ 根據調查，吸**一枝煙**會縮短七分鐘的生命，所以煙
癮君子別再殘害自己啦！

→ 弟弟這次考試進步，老師送他**一枝自動鉛筆**。

桌 ㄓㄨㄛ

計量在桌子上東西的量詞。

短　語

一桌飯／一桌菜／一桌書

例　句

→ 爸爸生日當天，為了幫爸爸慶生，媽媽煮了豐富的
一桌菜，等爸爸回家享用。

→ 安安一桌子的書，看起來真是雜亂到令人受不了。

陣 ㄓㄣ

一、計量短期間或短距離突然發生的情節、動作。

短　語

一陣槍聲／一陣騷動／一陣風

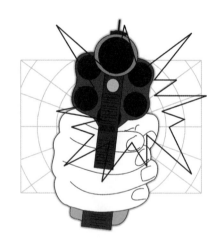

例　句

➡ 突如其來的**一陣風**，把桌上的紙都吹落到地上。

➡ 監獄突如其來的**一陣騷動**，真是嚇壞了獄警。

二、計量一個時期的時間。

短　語

說一陣／忙一陣／笑一陣／哭一陣

例　句

➡ 老師在台上口沫橫飛的**說了一陣**話，也該停下喝口
水休息一下，保養一下喉嚨。

➡ 林老師講了一個笑話，引來同學一陣哄堂大笑。

盞 ㄓㄢˇ

計量燈的數目。

短　語

幾盞彩燈／一盞路燈

例　句

➡ 這幾盞彩燈分別罩上了七種不同色彩的燈罩，發出
紅、橙、黃、綠、藍、靛、紫的柔光。

➡ 到了晚上，公園的那幾盞路燈都會亮起來。

種 ㄓㄨㄥˇ

計量相同類的一些人或事物。

短　語

一種人／一種制度／一種習慣／
一種顏色／一種看法

例　句

➡ 有恒為成功之本，**這一種看法**大多數人都會贊同的。

➡ 一個團體裡，一定會有**好幾種想法**與看法。

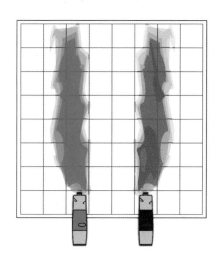

幢 ㄔㄨㄤˊ

計量房子，或其它建築物等。

短　語
一幢房子／一幢樓房／一幢小木屋

例　句

→ 這**一幢房子**有兩層，含三間房間、一間客廳、兩間
　衛浴設備，和一間廚房。

→ 李先生在陽明山上的**那幢別墅**，布置得美侖美奐吸
　引朋友去參觀。

軸 ㄓㄡˊ

計量可以捲繞、鑲嵌在捲軸上的書法或圖畫。

短　語

一軸線／一軸畫

例　句

➡ 〈溪山行旅圖〉是宋代傳下來的一軸名畫。

➡ 鄰居家裡擺了一軸名師提的字。

椿 _{ㄔㄨㄤ}

計量問題、事件等等。

短　語

一椿大事／一椿喜事

例　句

➡ 姊姊要出嫁了，對全家來說是**一椿大事**。

➡ 有個人殺了妻子詐領保險金，**這椿新聞**引起社會廣泛的注意。

串 ㄔㄨㄢˋ

把相同的東西緊緊連接在一起。

短　語

一串珠子／一串糖葫蘆／傳出一串笑聲

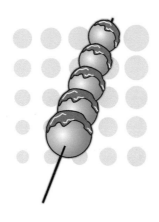

例　句

➡ 牆裡傳出一串笑聲，他探頭一看，原來是幾個天真
　 的孩童正玩著躲貓貓。

➡ 山區農村家家戶戶的窗戶前，屋簷下掛著一串一串
　 的紅辣椒，一穗一穗的乾玉米，等著過冬。

場 彳ㄤ

一、指某種事件發生的過程。

短　語

一場災難／一場風波／一場爭論／一場大火

例　句

➡ 經過了激烈的**一場辯論**，終於把真理弄清楚了。

➡ 九二一地震，震壞了許多房屋，壓死了許多人，真是**一場災難**。

二、指某種行動的過程。

短　語

鬧了一場／幹了一場

例　句

➡ 好好的一場舞會，被一群嗑了搖頭丸的大學生**鬧了一場**，澆熄了大家原本很 high 的心情。

➡ 原本整齊的家裡，被小傑的同學鬧了一場，媽媽又得整理一次了。

三、指娛樂的活動或是身體運動的活動。

短　語

一場電影／一場話劇／一場比賽

例　句

➡ 學校話劇社最近編了一場有關犯罪心理的話劇，深受每個同學的喜愛。

➡ 晚上，我和明玉看了一場電影，回家以後滿腦子都是電影情節。

處ㄔㄨˋ

在身體某部分的特殊區域或具某種特色的地方。

短　語

身上有好幾處傷／一處寺院／幾處名勝

例　句

➡ 他到大陸好幾處名勝景點觀光，回來之後滔滔不絕
　地跟我述說那裡的景象。

➡ 小華賽跑跌倒，身上有好幾處傷，他痛得大哭。

床 ㄔㄨㄤˊ

指床上的棉被或被單等等的東西。

短　語

一床褥子／一床棉被／一床席子

例　句

➡ 夏天到了，媽媽把一床一床棉被放在太陽下曬。

➡ 爸爸從南洋帶回來一床漂亮的涼席。

齣 ㄔㄨ

特別指完整的一場戲劇表演。

短　語

一齣京劇／一齣喜劇／一齣鬧劇

例　句

➡ 社會版的頭條新聞看的令人怵目驚心，因為每天都
有演不完的**一齣**悲劇。

➡ 名角演的**每一齣**戲都扣人心弦。

勺 ㄕ ㄠˊ

計量滿滿一匙的量。

短 語

一勺湯／一勺糖／一勺鹽

例 句

→ 弟弟總喜歡在喝水之前，加上滿滿的**一勺糖**，再攪
拌幾下就喝下肚，這真是不好的習慣。

→ 爸爸在吃飯前總是先喝**幾勺湯**，他說這樣可以少吃
點飯，達到減肥的目的。

雙 ㄕㄨㄤ

計量兩個一起被使用的相同東西。

短　語

一雙手／一雙腳／一雙眼睛／一雙襪子

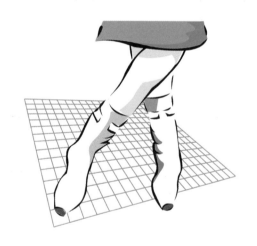

例　句

➡ 我們有靈巧的**一雙手**，它幫助我們完成許多的事情，我們應好好愛護、珍惜它。

➡ 妹妹有**一雙大眼睛**，真是可愛。

身ㄕㄣ

一、計量一套相同材質的衣服，上、下部各有一
　　件的服裝。

短　語

一身西服／一身素衣

例　句

➡ 爸爸訂做了**一身西服**，想說是為了參加叔叔的結婚
　典禮而做的。

➡ 設計師替安妮打造了**一身嶄新的行頭**。

二、計量身體臨時被某種東西覆蓋。

短　語

一身水／一身土／一身血

例　句

➡ 阿雄走到商家門口時，天上不知那來的水，灑了他一身水，這真是禍從天降啊！

➡ 醫生每次開完大手術，就會弄得一身都是血。

扇 ㄕㄢˋ

計量門、窗、幕簾等等。

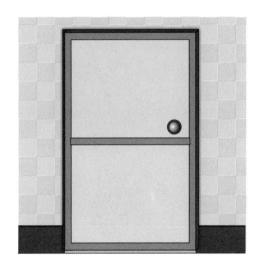

短　語

一扇屏風／一扇窗戶／一扇門

例　句

➡ 陽光從這**一扇窗戶**照進些許光線，猶如在昏暗的房間點上一把火炬。

➡ 教堂牆上的**每一扇窗**，都刻鏤著美麗的圖案。

束 ㄕㄨˋ

計量相同東西包紮聚集在一起的物品。

短　語

一束鮮花／一束馬尾／一束頭髮

例　句

➡ 每年情人節，姐姐都會收到**好幾束玫瑰花**。

➡ 舞會時，從牆角打下來的**那一束強光**，照的我眼睛好刺痛。

首 ㄕ
ㄡˇ

計量詩或歌曲。

短 語

一首歌曲／一首詩

例 句

→ 這一**首歌曲**好抒情，每一次聽時總讓人感動萬分，
值得一再品嘗。

→ 張惠妹的**那首成名曲**〈姊妹〉，是首人們朗朗上口
的歌曲。

手 ㄕ
　　ㄡˇ

計量某一種需要用手去完成的技巧或工作。

短　語

一手好槍法／一手好手藝／一手好字

例　句

➡ 這位新上任的警官，練就了**一手好槍法**，每一次的
　射擊練習，總是彈無虛發、發發命中，真是高手中
　的高手。

➡ 媽媽的**一手好廚藝**，真是沒得比。

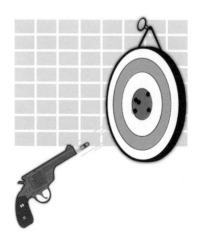

則 ㄗㄜˊ

計量新聞稿件用則為量詞。

短　語

一則新聞／一則消息

例　句

➡ 今天有一則令人吃驚的新聞。

➡ 因為報紙版面太擠今天抽掉了幾則新聞。

座 ㄗㄨㄛˋ

計量較大的東西，如：房子、建築物、山等等。

短　語

一座碉堡／一座宮殿／一座礦山／一座城市

例　句

➡ 根據考古專家的鑑定，地下出土的這**一座城市**，距今已經有一千年的歷史。

➡ 淡水有**一座紅毛城**，台南有一座安平古堡，都是台灣殖民時期的建築。

組 ㄗㄨˇ

計量成組的人員或可以組合的物品。

短　語

兩組人馬／一組茶具／三小組

例　句

→ 為了抓殺人犯，**兩組**警探從四面包抄，希望很快抓到犯人。

→ 爸爸買了一組漂亮的茶具，每天可以享受泡茶之樂了。

尊 ㄗㄨㄣ

計量大炮和雕像，也可以用「一座」替代。

短　語

一尊大炮／一尊塑像／一尊佛像

例　句

➡ 這一尊塑像，雕刻家是想像觀世音菩薩的慈悲神態，
　再動手雕出的神聖作品。

➡ 台南安平古堡有一尊大炮是三百年前鄭成功留下來的。

次 ㄘ

一、在一定的時間內，能重複做連續發生相同事
　　物的量詞。

短　　語

　　一次試驗／一次事故／一次戰爭／
　　一次革命／一次改革

例　句

➡ 國父經過十一次革命，向著民主社會邁進。

➡ 愛迪生發明電燈，是經過一次又一次的實驗才成功的。

二、計量一個行動所花費的時間，是可以數的一
　　個段落。

短　　語

　　去一次／看一次／見了兩次面／
　　研究了三次／聽了幾次課

例 句

→ 這堂選修課，他去**聽了幾次課**就決定要退選了，原因是不喜歡教授的上課方式。

→ 爺爺生病，每**看一次醫生**，病情就好一點。

冊 ちさ

特別指書本或期刊、雜誌的數量名,通常用來表
達一套或幾本,也可以用「本」字替代。

短　語

一冊帳簿／一冊集郵簿／一冊相簿

例　句

➡ 她翻閱著些微泛黃的**一冊集郵簿**,回想起那一段著
　迷於集郵的日子,臉上和心中盡是微笑。

➡ 張媽媽每天記帳,一年總有**十冊帳簿**。

層 ㄘㄥˊ

一、指建築物的某一區域，或者有相當厚度的重
　　合物品、東西。

短　語

五層樓／一層玻璃

例　句

➡ 丁丁住在五樓，每天爬**五層樓**，練就了一身的好體力。

➡ 黃先生怕吵，特別做了**雙層玻璃**隔音。

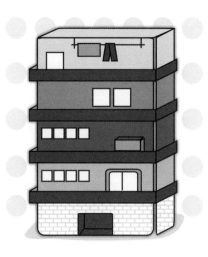

二、指外表的覆蓋物。

一層灰／一層油／一層皮

例　句

➡ 走進了塵封已久的房間裡，看到每一樣東西都蒙上
一層灰，心中感觸萬千。

➡ 夏天小方去海邊游泳曬傷了，隔兩天就脫了一層皮。

撮 ㄘㄨㄛ

一、指用手指可拿取的少量東西。

短　語

一撮土／一撮乾樹葉／一撮頭髮

例　句

➡ 回到了十年不見的故鄉，他心情激動，捧起了**一撮**
　　土，深深嗅著故鄉芬芳的泥土。

➡ 小玉把**一撮頭髮**染的特別黃。

二、用在一群品格低下的人身上。

短　語

一小撮壞蛋

例　句

➡ 這一小**撮壞蛋**簡直無法無天，常常把班上鬧的雞犬
不寧。

➡ 班上總是會有一小**撮壞蛋**，讓老師非常頭疼。

叢 ㄘㄨㄥˊ

指生長在一起的花、草、樹等等的植物。

短　語

一叢灌木／一叢草／一叢牡丹花

例　句

➜ 他漫步到花園看見了**這一叢牡丹花**開的如此美麗，
　突然詩意大起，寫起詩句來了。

➜ 四、五月裡杉林溪**一叢一叢的牡丹花**開的鮮豔美麗。

簇 ㄘㄨˊ

計量聚在一起性質相同或外貌相似的東西。

短　語

一簇野花／幾簇竹子／一簇煙村

例　句

→ 幾隻大鳳蝶在**一簇**野花旁翩翩起舞，真是好看。

→ 美麗的小鳥穿梭在**一簇簇**的柳樹間。

所 ㄙㄨㄛˇ

計量房屋或其它建築物，建物裡有特別的機構或
組織

短　語

一所銀行／一所學校／一所工廠

例　句

➡ 建**一所工廠**或許可以為當地人民帶來就業機會；可
是所帶來的污染卻會危害人民和下一代的子孫，得
不償失啊！

➡ 在我家附近有**一所小學**，這是一所當地最好的小學。

艘 ㄙㄡ

計量可在大洋航行的較大船隻。

短　語

一艘貨輪／一艘軍艦／一艘漁船

例　句

➡ 這**一艘軍艦**可以容納上千名的海軍士官兵，軍艦上
　還載有三十架的戰鬥機，是國防上重要的武器。

➡ 高雄港常常能看到**一艘一艘**的大輪船。

樣 ㄧㄤˋ

計量多樣化的同物體。

短　語

幾樣兒菜／兩樣點心／三樣水果

例　句

➡ 在晚飯過後，媽媽準備了**三樣水果**讓家人品嘗，家人都吃得津津有味。

➡ 媽媽非常厲害，能夠將**兩、三樣水果**設計成美麗的水果拼盤。

頁 [一せˋ]

計量書、雜誌中，一張紙的其中一面。

短　語

一頁講義／看了幾頁書／翻到第七頁

例　句

→ 阿武**看了幾頁書**之後，覺得眼睛有點疲勞，就決定閉目養神幾分鐘。

→ 融融上次數學作業漏了**一頁**沒寫。

碗 ㄨㄢˇ

計量具深度、圓形、中空的容器。

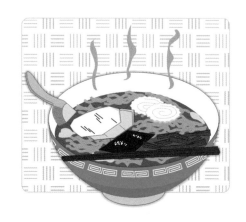

短　語

一碗菜／一碗茶／一碗湯／一碗麵

例　句

→ 這**一碗湯**是用許多上等美味材料下去煮成的,能夠喝到一碗真是福氣。

→ 阿雄一餐可以吃**三碗麵**。

位 ㄨㄟˋ

計量人數，帶有尊敬的意思，一般可以指一個人，但是表示對方有地位或受人尊敬者則稱一位先生。

短　語

一位代表／一位老人／一位領導

例　句

➡ 公司舉辦電腦程式設計大賽，規定每一部門都需推派一位代表參加，得到第一名的人將有豐富獎金。

➡ 現在升旗形式改變了，每天早上升旗時，每班只要選出五位代表參加升旗就可以了。

計量同種的小動物或小昆蟲的集合。

短　語

一窩雞／一窩鳥／一窩兔子／一窩小狗

例　句

➡ 外公家養的母狗生了**一窩小狗**，牠們真的好可愛哦！
　 以後一定要常去外公家看牠們。

➡ 門前屋簷下有**一窩燕子**，給家人帶來新奇和快樂。

彎 ㄨㄢˊ

計量形狀彎曲的東西，多半指月亮。

短　語

一彎新月／一彎流水／一彎柳眉

例　句

➡ 初一晚上，天上的**一彎新月**，給人詩情畫意的感受。

➡ 小霞畫山水畫，總喜歡加上**一彎溪水**，讓畫作更優雅。

國家圖書館出版品預行編目資料

輕鬆學量詞／羅秋昭編著. －－初
版.－－臺北市：五南，2004[民93]
　　面；　公分
ISBN 978-957-11-3484-0（平裝）

1.中國語言-文法

802.6　　　　　　　　92022160

1XS8 華語系列

輕鬆學量詞

作　　者— 羅秋昭

發 行 人— 楊榮川

總 經 理— 楊士清

副總編輯— 黃惠娟

責任編輯— 蔡佳伶

封面設計— 吳聖琴

出 版 者— 五南圖書出版股份有限公司

地　　址：106台北市大安區和平東路二段339號4樓

電　　話：(02)2705-5066　　傳　　真：(02)2706-6100

網　　址：http://www.wunan.com.tw

電子郵件：wunan@wunan.com.tw

劃撥帳號：01068953

戶　　名：五南圖書出版股份有限公司

法律顧問　林勝安律師事務所　林勝安律師

出版日期　2004年5月初版一刷
　　　　　2018年6月初版二刷

定　　價　新臺幣300元